太空少年 2
太空车挑战赛

[澳大利亚] 坎迪丝·莱蒙-斯科特 / 著
[澳大利亚] 塞莱斯特·休姆 / 绘
毛颖捷 译

电子工业出版社
Publishing House of Electronics Industry
北京·BEIJING

Jake in Space: Rocket Battles
First Published in Australia 2014 by New Frontier Publishing Pty Ltd
Text copyright © 2014 Candice Lemon-Scott
Illustrations copyright © 2014 New Frontier Publishing
Translation rights arranged through Australian Licensing Corporation
本书中文简体版专有出版权由 New Frontier Publishing Pty Ltd 通过 Australian Licensing Corporation Pty Ltd 授予电子工业出版社，未经许可，不得以任何方式复制或抄袭本书的任何部分。

版权贸易合同登记号 图字：01-2017-6969

图书在版编目（CIP）数据

太空少年.太空车挑战赛/（澳）坎迪丝·莱蒙-斯科特（Candice Lemon-Scott）著；（澳）塞莱斯特·休姆（Celeste Hulme）绘；毛颖捷译. -- 北京：电子工业出版社，2018.1
书名原文：Jake in Space: Rocket Battles
ISBN 978-7-121-32799-5

Ⅰ. ①太… Ⅱ. ①坎… ②塞… ③毛… Ⅲ. ①儿童小说－科学幻想小说－澳大利亚－现代 Ⅳ. ① I611.84

中国版本图书馆 CIP 数据核字 (2017) 第 238347 号

策划编辑：苏　琪
责任编辑：王树伟
文字编辑：吕姝琪　温　婷
特约策划：毛颖捷
印　　刷：北京天宇星印刷厂
装　　订：北京天宇星印刷厂
出版发行：电子工业出版社
　　　　　北京市海淀区万寿路173信箱　　邮编：100036
开　　本：787×1092　1/32　印张：20.75　字数：531.2千字
版　　次：2018年1月第1版
印　　次：2024年8月第19次印刷
定　　价：120.00元（全套6册）

凡所购买电子工业出版社图书有缺损问题，请向购买书店调换。若书店售缺，请与本社发行部联系，联系及邮购电话：（010）88254888，88258888。
质量投诉请发邮件至zlts@phei.com.cn，盗版侵权举报请发邮件至dbqq@phei.com.cn。
本书咨询联系方式：（010）88254164（转1865），dongzy@phei.com.cn。

炫目的亮光闪着杰克的眼,杰克只好眯起眼睛看自己的朋友们。米莉、天天和罗里,他们看上去也有点晕。到处都是人,每个人都想要一睹火箭杯太空车挑战赛中赛车明星的风采。一名记者把一个巨大的麦克风伸到了杰克面前。

"极克，作为炽热彗星队的队长……"记者开始了采访。

"我是杰克。"他听见自己的声音在嘈杂的飞机棚里冒出来。

"好的，'吉也杰'杰克，带领火箭杯最新的一支队伍参赛感觉如何？"

"嗯……呃，害怕？"

天天赶紧救场："以及兴奋。我们能来参加真的好兴奋。"她补充道。

杰克尴尬地笑了，他非常感谢天天的及时救场。此时距离他在太空驾校补习班认识天天、罗里和米莉不过一年，他们在补习学校一起获得了太空车驾驶证，并成为了好朋友。现在他们即将参加全太阳系规模最大、规格最高的太空车比赛。虽然这项比赛充满预想不到的危险，但能来参赛依然是所有孩子梦寐以

求的夙愿。

记者转向了下一队,那一队穿着亮面红色制服。杰克根据直觉判断他们应该是"另类火星人"队,尽管他此前从没在生活中见过他们。只有最顶尖的车队才会被选入参加火箭杯,而另类火星人队实在是太棒了,过去的五年中,他们每次都是最后赢家。他们的制服上都印有"太阳系设计"几个大字——这是赞助他们并为他们提供参赛的太空车的公司。杰克至今不敢相信自己能和他们一起参加比赛。

另类火星人队向人群挥挥手,人群就发出了近乎疯狂的喝彩和欢呼。杰克只是想象一下自己如果能那么受欢迎就觉得很激动。

另类火星人队的队长走上前去微微一笑。当他轻拍着赛车光滑的舱门上那新鲜油漆时,赛车在他身边显得熠熠生辉。前排的几个少女几乎要昏厥了，一个女孩不得不喝了一口OX能量——一种富含氧的功能饮料，通常用于低重力的环境中。然后那瓶饮料又被传给了其他一些因为兴奋过度而呼吸困难的粉丝们。

"马特，作为另类火星人队的队长，能不能跟我们讲讲你们这一年是如何精心准备比赛的？"

"答案即将揭晓，"马特眨眨眼，"夺冠之后我会分享一些我们的秘密。听起来如何？"

记者像个小女孩一样笑了起来："好的！祝你们好运——尽管你们未必需要。"

另类火星人队的队员们再次挥挥手，人群欢呼得更热烈了。

麦克风拿远后，马特转过身来，直视杰克轻蔑地说道："不像某些其他队，我们是靠实力获得参加比赛的资格。"

杰克的脸变得跟马特的制服一样红。每年都有一个队是通过特殊名额参赛的,今年获得这个名额的就是杰克和他的朋友们组成的炽热彗星队。

"你别在意他的话,"罗里皱着眉说,"我认为拯救了地球和月球足以获得参赛资格了。"

杰克绷不住笑了起来。几个小屁孩阻止了大恶棍葛拉道客炸毁星球的行动,想想都觉得不可思议。中央情报局(简称CIA)给了他们特邀参赛名额,因为他们在阻止葛拉道客的行动中表现出了优异的驾驶技能。

"别管他,"米莉说,"我们可以做到。"

杰克不太确定他们是否准备好了,毕竟他们才拿到驾照不久,现在就要去驾驶有巨型火箭助推器的超级赛车了。更重要的是,火箭杯赛事残酷，唯一的规则就是率先通过终点的车队就是胜者，就算只有一个队员回来也不要紧。

记者又去采访下一支队伍，他们穿着紫色的队服。人人都知道自从另类火星人队加入以来，海王星坏小子队一直屈居第二。而在另类火星人队出现之前，坏小子队蝉联了12届冠军。但是现在，他们已经失去了所有的赞助，从他们邋遢陈旧的制服和身后呆笨的过时赛车便可见一斑。

"距离你们上一次的夺冠已经非常久远了，布莱克，"记者对坏小子队队长态度生硬地说，"你认为你们能重回冠军宝座吗？或者说，对坏小子队来说，已经时不再来了？"

"等着瞧吧。今年我们会东山再起，人人都会重新认识谁才是真正的王者。"布莱克还

是充满信心。

"那如果你们再次输了比赛呢？你会退役吗？"

"我们不会输！"布莱克回答。

"这才像个真正的赛车手说的。给坏小子队来点掌声！"记者喊道。

人群回应了小小的、礼貌性的掌声。

杰克深呼吸了一下，调高了通信装置的音量。自从上次驾照考试以后，他还从来没有这么紧张过。还好他的朋友们都跟他在一起。

电脑的声音从车载音箱里传出来："火箭杯太空车挑战赛将在10分钟后开始。请完成所有的太空车检查。"

"10分钟！我们只有10分钟了！"米莉不安地嚷道。

米莉负责系统操作。尽管她学习用功，但要记住所有的烦琐步骤对她而言也并不容易。赛车比普通的太空车复杂得多。她飞快地复查了所有的指示灯和照明装置，她的手一直在抖。杰克意识到自己并不是唯一紧张的人。

杰克的工作是前方观测员，他坐到前座系好了安全带。而作为后方观测员的天天坐到了后座。

"还有2分钟。"罗里说。

米莉打开了控制器。罗里刚准备坐到驾驶员的座位上，舱门打开了。令杰克惊讶的是，亨利的头冒了出来。他走进舱内，小臂上冒着个银色的钻头，他把那个钻头按回手臂，合上了他的皮肤。

"现在所有的机械检查和更新都完成了。"他拉下袖管，拍了拍手臂。

"亨利！"杰克笑了，能认识一个电子人真是酷极了。亨利为CIA工作，是他警醒了杰克，让他意识到补习学校里一些不同寻常的地方。他们也都成为了朋友——虽然罗里似乎总是不太高兴见到亨利。

"你来这儿做什么？"罗里不太友好地问亨利。

"我是被派来的。"亨利回答。

"那是什么意思？"罗里恼怒地说。亨利还没来得及回复，另一个通知又来了。

"比赛即将开始。请系好安全带，做好出发准备。"

亨利坐到了驾驶员的座位上，系上了安全带。

"嘿！那是我的位置！"罗里抗议。

"CIA批准了我的司机角色。你是副手。"

亨利面不改色地说。

"你是驾驶员？你没开玩笑？"罗里嚷嚷。

"他可是全宇宙最棒的驾驶员。"天天说。

"你们忘了去年他差点让咱们撞上补习学校了？"罗里回答。

"那只是为了掩饰他为CIA工作的身份。"米莉提醒他。

罗里看着杰克，但是杰克也认为女孩们说的是对的。其他那些队几乎是不可战胜的，如果说他们还想有任何胜算的话，那只能是由亨利开车了。作为CIA的电子人，亨利是佼佼者中的佼佼者。

"发动引擎。"电脑命令。

"你最好系上安全带。"杰克对罗里说。

罗里叹口气，在亨利旁边坐了下来。杰克

打开了前视屏幕,天天打开了后视屏幕。赛车的前方悬浮着一个巨大的栅栏。几辆参赛的赛车排成一行,它们的保险杠几乎要碰到栅栏了。杰克环视了一下车里的显示屏。通过屏幕,他看到冥王星朝圣者队的绿色赛车、地球复仇者队的蓝色赛车、海王星坏小子队的紫色赛车,以及他们自己的赛车——炽热彗星队的黄色赛车。他们一直在用这辆赛车进行超性能赛车训练,是CIA借给他们用来参加这次比赛的。

所有的车都是为比赛特别设计的。车头前方狭窄以减小阻力,提高速度,车尾后方宽大可装载火箭助推器。在这次比赛中,车队须穿过整个太阳系。所以他们的车只使用最快的技术和最现代的设计。杰克听见引擎轰轰作响,他开始觉得有太空病菌在他胃里翻江倒海。

天天开着后视屏幕,第二排赛车出现的时候,他们都探头过来看,有土星跑车队的橘色赛车、金星胜利者队的棕色赛车,旁边就是著名的另类火星人队的亮红色赛车,它前面的护栏好像闪着银色的冷笑。看到那车灯闪起琥珀色和红色的光,杰克开始有些战栗。

另一个通知来了:"请注意听第一个检查站的线索:正面,反面,你不能一直看见我,但我一直在这里。"

他们都笑了,这个太好猜了。"我们得先去月球了!"米莉笑道。

第一站竟是他们第一次遇见彼此的地方,杰克觉得有点难以置信。幸好现在葛拉道客被关在监狱里了,杰克想。

"各就各位,预备,开始!"

栅栏瞬间消失,比赛开始了。

"巨型火箭助推器启动。"米莉下令。要穿过大气层进入轨道需要加速动力,但在他们甚至还没来得及升空的时候,一道红色的影子飞速闪过了前视屏幕。炽热彗星队队员同时倒抽了一口气。

"你们看见了吗?我们怎么可能打败另类

火星人队。"罗里叹道。

"你这是太空车挑战赛失败者的态度,我的朋友。"亨利说。

"你叫谁失败者呢?"罗里大喊。

杰克也觉得罗里说得对,一群补习学校毕业的驾驶员怎么可能打败全太阳系最棒的赛车队呢?他们只求一件事就行了——比赛结束的时候车身还能保持完整。

杰克看着屏幕,他看见紫色、绿色和蓝色的车都已经成为前方的一个点,然后一个橘色和一个棕色的影子也一闪而过。

"我们最好赶快加速。"他说。

火箭助推器发动了,五个人都被加速度压到了椅背上。炽热彗星队射向大气层,快速进入了轨道。在他们提速的时候,米莉设定了飞向月球的航线,他们的车加速穿过了大气层,

进入了黑暗的太空。重力消失了,杰克觉得自己像飘浮在一个棉花糖做的大床上。虽然他们正随着火箭的速度前行着,但感觉却似乎在悠闲地巡航。在把他们带向月球的航程上,亨利专业的驾驶技术帮了大忙。

自从从补习学校回去以后,杰克很怀念这种感觉。回到地球上的空间站后,生活时刻处在重力作用下。但是有一样是他不怀念的,就是现在他头上乱成一堆的头发。通常他的头发是很听话的,但是在零重力条件下它们就变得狂野不羁了。他一回头,天天正盯着他咧嘴笑。现在他确信他还是逃不开零重力发型问题。他看看亨利,他的头发,永远平整完美地贴在他头上。

"你还有那个零重力发蜡吗?亨利。"杰克问道。

电子人微笑着从口袋里掏出一个小罐子，发蜡就装在那个玻璃容器里，发着粉色荧光。亨利把它递给了杰克。

"你确定就是这个东西？"杰克问道。

"对。它是最新改进版。取一点儿到手指上，擦进头发里，有神奇的功效。我觉得它是为CIA工作享受的最好的福利之一。"

杰克打开罐子闻了闻，差点把它扔掉。那东西真是臭不可闻，比上次他忘在饭盒里两个月的炖豆子还难闻。

"讨厌！快把它拿开。"罗里捏着鼻子嚷道。

"我绝对不要把它抹在我头上。"杰克说着，又把发蜡还给了亨利。

"没错，跟你说的一样，它不太好闻，"亨利也表示同意，"不过一点点的用量是闻不出

来的。"

"你说得容易——反正你也没有嗅觉。"罗里说。

"事实上,我六感俱备。"亨利声明。

"六感?"米莉说,"不是只有五感吗?"

"你们人类总是忽略最重要的一个,"亨利争辩道,"直觉。"

"只有妈妈们有那个。"天天说。

"因为只有妈妈们肯不厌其烦地用那个功能。有了孩子就激活了本能。"

杰克一回头看见天天还在笑他疯子一样的棕色乱发,他们在太空里时间越长,头发就越乱。他只好用手指取了一点点发蜡,擦进了自己的头发里。顷刻间,他的头发就顺从地贴到了头上。

嘭!

杰克被向前猛推了一下，零重力发蜡从他手上飞了出去，他抬头看时，罐子几乎空了。大部分发蜡都洒了出来，小块的荧光粉团在车里到处飘浮。杰克飞快地尽力抓住那些发蜡，把它们塞进罐子，装进了自己的制服口袋。

"刚刚发生了什么？"米莉大嚷。

除了前视屏幕上的星辰，杰克什么也看不见。

"打开后视屏幕。"杰克说。

天天打开了后视屏幕。

"有个红色的东西在快速移动。"她说，"等等！它正在加速向我们飞来。"

看起来另类火星人队已经开始打坏主意了，杰克想。他再次观察前视屏幕，还是一无所见。

嘭！

这次他们被撞向了侧面。

"发生了什么?"罗里喊。

"是火星人队,"天天说,"他们想把我们撞离航线。"

嘭!

这次他们又被撞向了反方向。

"我们该怎么办?"米莉尖叫。

"我有个主意,"亨利说,"抓紧你们的座位。"

"还有鼻子。"罗里补充道,他力图避开还飘浮在周围的发蜡块。

亨利把车调成了垂直方向。

"开足马力,罗里。"他下令。

"你在干什么?"杰克问。

"我们要全速直接飞射到月球。"亨利回答。

"我们不能飞那么快!"罗里抗议。

"我觉得我们没有其他选择了。"杰克说。除非他们想在到达第一个检查站之前就被火星人队撞成筛子。但是如果以这么快的速度飞过去,着陆的时候会非常颠簸。

亨利坚持让米莉输入指令,她敲下最后一个键,太空车飞速射出,即使在零重力的条件下,大家也都被压到了椅背上。在这股力量下,余下那些发蜡全洒到了大家身上。

"呃呃呃呃呃!"米莉尖叫。

"啊啊啊啊啊!"天天大喊。

"讨厌!"杰克呼喊。

罗里屏住呼吸。只有亨利看上去毫不担心。

"我记得你说过你是有嗅觉的。"罗里咬牙切齿地抱怨。

"我有嗅觉,但是我也可以关闭嗅觉,"亨利说,"这也是做电子人的好处之一。"

罗里看上去想要勒死亨利,还好太空车的速度把他困在了椅子上。杰克全神贯注看着前视屏幕,这时一阵火花落到了车前。

"火花!"他喊道,"后面怎么了,天天?"他问。

她把后视屏幕压下来,喘着气说:"你们最好看看这个。"

他们都从自己的座位上尽可能地扭向后视屏幕,只见另类火星人队正在猛撞金星胜利者队。棕色的太空车被撞离了航线,失控跌向地球。他们被迫退出了比赛。

"哇哦,本来被撞的可能是我们。"米莉吞了吞口水。

看着红色的车掉转头朝着他们飞过来,

天天大喊:"我们还没脱离危险!"

亨利再度加速,炽热彗星队如离弦之箭一般飞走了。

火星人队赛车再度消失于视野,杰克看见前视屏幕上圆形的月球轮廓越来越大。

"准备好迫降!"他喊道。

当他们飞速靠近的时候,杰克可以看到月球上陨石坑的形状。不一会儿,太空车驾驶补习学校的灰色建筑映入眼帘。那建筑还是会让他打颤,就好像有人把冷冻意面塞进了后背,他又想起了葛拉道客和他邪恶的计划。建筑现在几乎都空了,但是当他们靠得更近一些时,杰克看到有灯光在建筑上方萦绕,这意味着这里就是他们的第一个检查站。不过没有更多的时间思考了,他们正在飞速地靠近建筑。

"不要再撞月球啦!"罗里喊道。

罗里并不是唯一一个记得上次亨利是怎么带着他们撞月球的人。

"这次我已经做好了应对这种情况的准备,"亨利平静地说,"米莉,在你左边有一个小的橘色按钮,按下它。"

米莉按下按钮,然后为即将到来的撞击捂上了脸。

杰克听到"呼哧"一声,车子忽然就慢了下来,感觉好像在倒着走。建筑仍然在靠近,但是速度慢了很多。这是怎么发生的?

"看这个!"天天指着她的屏幕说。

杰克转向后面,被眼前所见惊呆了。一个巨大的银色降落伞正缓缓盖住整个屏幕。

亨利得意地笑道:"是CIA送的一个小礼物——太空降落伞,真空中也适用。"

大家都松了口气,米莉把手从脸上拿下来。

"我们做到了!"当太空车穿过建筑的大门驶向停车场的时候,天天欢呼。

他们一停下来,罗里第一个松开了安全带。

"够了!如果一会还是他开的话,我坚决不上车了!"罗里指着亨利说。他推开舱门,爬了出去,气冲冲地走掉了。米莉、天天和杰克都看着亨利。

"怎么了?"亨利申辩道,"难道我没有安全降落?"

他们深深地皱着眉头。

"你确实吓到我们了。"天天说。

"我去洗个澡,把这些发蜡冲掉。"米莉说。

"我也是。我现在臭烘烘的。"天天说。

杰克只好对亨利耸耸肩,跟上了女孩们。

"什么臭?没那么糟糕啦。"亨利在杰克背后喊,"打开嗅觉开关。"

杰克转过身来,现在亨利打开了自己的嗅觉开关,他也可以闻到了。他从身上抹下一点那难闻的发蜡,凑近闻了闻,又嫌弃地扔了出去。

参赛队伍坐在餐厅,咀嚼着他们的冻干食物。每队都有自己的独立桌子。杰克习惯了从自动贩卖机上领餐,但他还真不习惯这么安静。自从葛拉道客被捕后,这所补习学校就关停了。现在所剩的唯一的东西就是一台自动真空吸尘器,它来来回回地穿梭,是除参赛选手们之外唯一的声音来源。杰克再一次觉得炽热彗星队是圈外人。其他队之间好歹还会打个招呼,而杰克和他的队友们则完全被其他队视若空气。看上去没有一个人在意他们。

杰克一边吃着一边想东想西。他好奇亨利为什么会被CIA派来参赛,他们很担心彗星队在比赛中惨败吗?即使彗星队真的惨败了,他们干吗要在乎呢?他们应该有更重要的事情要担心吧。

餐厅墙上的巨大屏幕亮了,一个积分榜以

3D形式投影出来。图像如此逼真,似乎他们伸出手就能触摸到那些数字和字母。

"哇哦!"天天紧紧抓住杰克的胳膊喊道,"我们在前面!"

她说得没错。炽热彗星队位列榜单的顶部。

"哈!对一队特邀参赛的小孩来说,真不错!"罗里笑道。

杰克也回之以微笑。这时,一只手重重搭在了他的肩上。他转过身去,正对上一张凑得非常近的脸,那是火星人队的队长,马特。

"别高兴太早了,火箭渣渣队。"马特粗声说道。

"是炽……炽……炽热彗星队。"杰克结结巴巴地回道。

马特拽过杰克,近到杰克都可以闻到他

呼出的午餐的气味了。杰克吓得吞了吞口水。

"刚才那只是入门者的运气。"马克低沉地咆哮道，然后把杰克推回椅子猛转了几圈，之后大步走回了火星人队，而火星人队都在哈哈大笑。当杰克终于头晕脑胀地停下来不转了，他又对上了海王星坏小子队队长布莱克的眼睛。他正盯着杰克，不过当他发现杰克也看向自己的时候，马上移开了目光。

"你还好吗？"天天问。

"啊……嗯，当然。"杰克回答，努力让自己的声音显得轻松一些。

他对火星人队一点好感也没有了。就在那一刻，杰克决定，要全力以赴地带着自己的队伍赢得这次比赛。

一个比赛组委会成员的头像出现在了积

分榜前。

"恭喜你们到达第一个检查站，"组委会成员说道，"金星胜利者队退出了比赛，还剩6支参赛队伍。大约1分钟后，你们会得到下一条线索。此后，你们有15分钟时间进行赛车检查以及出发准备。"然后屏幕又恢复了空白。

"我真想知道我们下一站要去哪儿。"天天说。

"嗯，"亨利说，"呃，我想问，有人带了太空果汁糖吗？"

线索闪现在屏幕上。"风暴在起，红斑隐现。"

杰克看看四周，有些队忙着匆匆记笔记，而另一些队指手画脚地争论着谜底。只有海王星坏小子队似乎十分关注别人的举动，貌似试图以此找出线索。杰克注意到布莱克不怀

好意地盯着火星人队,虽然他也不喜欢火星人队,但布莱克的目光还是让他感到一种奇怪的不舒服。

"我们检查赛车吧。"杰克说。

虽然飞机棚里光线黯淡,但炽热彗星队的车还是很容易被找到,不仅因为它是亮黄色,还因为它有两个大凹坑,车身两边一边一个,那是火星人队撞他们的地方。杰克看着凹坑,虽然坑很深,但还没引起任何实质性的破坏。忽然他注意到一个奇怪的地方,其中一个火星人队撞击的凹坑处有一点油漆,但油漆是紫色的,不是红色的。

"嘿,天天,看看这个。"杰克说。

天天看到了紫色的油漆,皱起了眉。

"难道不应该是红色的吗?"杰克问。

"也许是我们自己车的颜色。他们为了比赛把它漆成黄色之前,它可能是紫色的。"天天说。

亨利耸耸肩,绕车走了一圈,各处检查了一遍。

"引擎没坏。我们可以走了。"他说。

队员们都爬进了车里,打开了引擎。

"现在开始我来驾驶,你做我的副手。"罗里对亨利说着就坐上了驾驶座。亨利并没有争。

杰克可以听到其他队的引擎声。第二场比赛就要开始了。

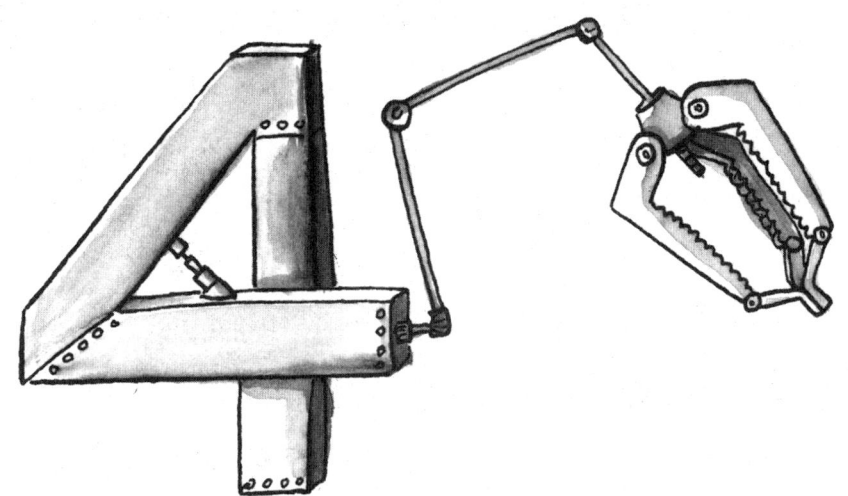

天天想出了他们下一站的答案。她知道木星上有大风暴,最大的风暴叫作大红斑,它是太阳系由内向外第五颗行星。杰克暗自庆幸队里有人聪明如天天,尽管从月球到木星的路漫长而无聊。

杰克打开前视屏幕,不过也没什么可看

的。只有数不尽的星辰在太空中闪烁。他开始觉得有了点困意,开起了小差……直到被一阵突然的晃动惊醒了。罗里在急刹车,米莉看上去很不安,她正忙着拨表盘,按按钮。

"怎么了?"杰克问,摇摇头努力恢复清醒。自己睡了多久了?

太空车开始咯咯作响。他盯着屏幕,一个绿色的东西从他们的车前直线下坠。他把取景器图像放大,"冥王星朝圣者队!"他喊道。

朝圣者队的绿色车子向着一个气态行星疾速飞驰,消失在一团灰色的气体中。顷刻之后,它又弹了出来,飞回了太空中。

"他们出局了!"米莉喊道。

"怎么发生的?"杰克说。

"显而易见,"亨利解释,"木星的引力把这辆太空车吸了进去,又把它抛向了太空的某处。"

"我们得往后拉。"罗里喊道。

"它太强了。"

"现在轮到我们了。"米莉声音发抖。

杰克盯着屏幕,但他只能看见打着转的灰色气体。

"启动倒车!"罗里说。

米莉开启了后退模式,但是眼前的气态行星还是变得越来越大,他们正在被吸进去。必须另外想个办法,杰克想。从地球到月球,他们几乎是弹射过去的。也许这次也可以这样,借助木星的超强引力。

"加速!"杰克大声发令。

"你疯了吧!除非你想被粉碎成一堆月球尘埃。"罗里说。

"我们可以借'力'引'力'。"杰克说,"加速!"

人人都看着杰克，好像他吃了太多果汁糖。

"我来示范。"

罗里让开了，让杰克掌握驾驶，米莉又调回了前行方向。杰克全力加速，正如他所料，木星的引力给他们极大增速，不一会儿，他们的车就被行星的引力牵引着，越来越快。

他们再次回到了第一名。我们也许真的可以赢得这次比赛，杰克想。他让开了，还是让罗里来驾驶。然后他打开了前视屏幕，什么也看不见。

"地球复仇者队正在我们后面。"天天说。

几秒之后，另类火星人队也出现了，他们赶上了复仇者队。

他们都转过身来紧张地看着后视屏幕。

火星人队在复仇者队上方徘徊着。杰克看到红色赛车底部的一个舱门打开了,一个巨大的金属物体从舱门伸出来。

"那是什么?"米莉惊呼。

"那看起来像是某种……爪子。"天天说。

巨爪往下移了一些,抓住了复仇者队的蓝车,先把它向左摇,随后向右摇,然后又向左摇,最后把车甩进了太空。杰克看着蓝车翻滚着消失不见了。火星人队收回了爪子,向着检查站飞去。

"太卑鄙了。"米莉说。

杰克也这么认为,但是他们没有时间思考。他们必须趁着还有来自木星的超音速的引力,趁着还没受到火星人队巨爪的骚扰,赶去下一个行星。

接着杰克看到了检查站。那是个巨大的十层楼高的激光光束标记。下一条线索在那里发着光:"你越来越热,但你仍觉不够温暖。"

"是关于热或者温度的东西?"罗里一脸疑惑。

"老实说,很简单,"天天叹道,和米莉一起说出了答案,"是我们的星球!"

原来如此!杰克想,下一个检查站在金星。

"我早知道了。"罗里咕哝着,不过没人相信他。

他们驶过检查站,杰克觉得自己比以往任何时候飞得都要快。星星都成了模糊的小银点,他们好像被从太阳系一抛而过。当他们快

到达金星大气层的时候,速度终于慢了下来。罗里小心避开金星有毒云层放出的闪电的袭击。不过这个检查站似乎是最容易被发现的一个,在金星最高的建筑上方,银色的星尘闪着光。

他们慢下来,让车子停在星球着陆平台发光的表面上。

"打开你们太空服的温控器。"米莉说。

调整着太空服上的表盘的时候,杰克感到一阵冷气袭过。他们松开安全带后,通信屏幕亮了。

"请到主站内用餐和休息,下一赛段开赛前,你们有一个小时休息时间。"

"一个小时?这么点儿!"罗里抱怨。

但是要和其他队待在一起,杰克觉得一个小时已经太久了,尤其是和另类火星人队共处一室。

积分榜
1. 炽热彗星队
2. 另类火星人队
3. 土星跑车队
4. 海王星坏小子队

能吃到真正的食物感觉真是太棒了。从金星上一个超现代悬浮城市的生态园中采摘下来的新鲜的水果和蔬菜十分美味!这可比冻干食物强多了,杰克想。不过,坐在自助餐厅里的感觉还是和他想象的一样糟糕。没有一个队乐意看到炽热彗星队赢。火星人

队埋着头静静地吃着，没有人说话，杰克可以感觉到他们恼怒的脸。当他们去拿甜品的时候，火星人队挤到了前面。

"渣们在最后。"他们的一个队员说着，还推了杰克的肩膀。

似乎嫌事情还不够糟，此时房间另一头的墙上亮出了积分榜。炽热彗星队像明星般高挂榜首，后面跟着另类火星人队，再然后是土星跑车队，最后是海王星坏小子队。杰克被自己队的优异表现惊呆了。同样让他吃惊的是海王星坏小子队竟然垫底，看来这似乎真的有可能成为他们最后一次比赛了。

杰克挖起满满一勺已经融化的巧克力酱，浇在冰激凌上，然后再次看向积分榜。这次他看见两个队的名字在屏幕上闪——另类火星人队和海王星坏小子队。一眨眼的功夫，

两个队的名字位置对调了,坏小子队变成了第二,而火星人队垫底了。然后,在一瞬间,它们又调换回来,火星人队又变成了第二。

"你看见没?"杰克小声说。

"看见什么?"罗里问。

"刚才积分榜上火星人队和坏小子队位置对调了。"

"也许是技术问题吧。"罗里耸耸肩。

"嗯,也许。"杰克回答道,然后他们坐在桌前开始吃甜点。

但杰克知道在这个时代是不太可能出现技术问题的,他都不记得上一次太空站的灯坏掉是什么时候了。不过他还是接受了这种可能。他看向坏小子队,布莱克正盯着火星人队的桌子,脸上带着奇怪的笑容。杰克很好奇,他刚刚是否也看到了积分榜上的对调。

杰克挖起一大勺甜点，想要塞满自己的嘴巴，结果却来了整整一盘，不仅填上了他的嘴，整个盘子都从他脸上慢慢地滑下来。透过黏黏的冰激凌看出去，火星人队马特丑陋的脸正盯着他，队里的另外三个人像一堵墙一样站在他身后。

"继续赢啊，你会尝到比这更糟糕的滋味儿，渣！"他恶狠狠地说。

杰克愤怒地站了起来，但天天又拉他坐下了。

"别理他。"天天说。

"对啊，别理我，"马特冷笑，"那样我们可以更轻松地把你们踢出比赛。"

马特伸出手，往天天的碗里插入一只勺子，挖了一勺冰激凌送进自己嘴里。他正要挖下一勺，亨利一把抓住了他的胳膊，只用一只

手,就把他举离了地面。马特的呼吸明显急促起来,所有人都努力憋着不笑出声。这时候杰克觉得有个电子人做朋友真是棒呆了,罗里看上去都被感动了。

"放……我……下来。"马特艰难地说道。

"别惹我的朋友。"亨利慢慢地说。

"好……的。"他说话有点结巴。

"还有,我们不是渣。我们是炽热彗星队。懂了吗?"

马特点点头,亨利才慢慢把他放下来,但仍紧紧地抓着他。等亨利终于放他走了,马特惊慌地跑回自己那桌去找他的朋友们,而他的朋友们都已经跑掉了。

"有点意思,亨利。"米莉说。

"他需要换换脑筋了。"亨利说。

"我想你已经给他换了。"罗里大笑。

积分榜消失了，通知响起："20分钟以后出发。你们的下一条线索是：又小又热，满地石头，还有碗状的洞。"

杰克觉得自己的大脑跟冰激凌一样稀里糊涂，所以他宣布自己去做赛车检查，而其他人去破解线索。

杰克来到停泊着赛车的机棚。金星的悬浮城市是热门居住地，所以这里也比月球上要好得多，亮得多。所有都是崭新锃亮的，墙上挂着各种各样的工具，很多东西杰克此前甚至从没见过。他快速全面地检查了他们的赛车。就一辆有凹痕的车子而言，他们的车总体形状还是相当不错的。当他从墙上取下千斤顶，准备抬起车子检查底部的时候，听到一阵窸窣声从附近的一辆车传来。

杰克把千斤顶像个棍子似的扛在肩上，沿着工具墙潜行过去。他再次听到了那个声音，马上躲到了离他最近的土星跑车队的后面。他从车后偷偷看过去，挨着的是海王星坏小子队的车。他瞥到紫色的制服和金色的头发，那是坏小子队的人。

杰克松了口气，胳膊也放松下来。他正要回自己车的时候，却注意到一件奇怪的事。坏小子队车子周围的空气中有着不寻常的微光，看上去像个红色的影子。杰克刚想上前一步看清楚，却把千斤顶掉到了地板上，发出巨大的声响。那边的女孩吓得跳了起来，四处打量。杰克立即蹲下，躲了起来，那女孩快速走开了，发光的影子也不见了。

杰克悄悄捡起千斤顶，潜回了工具墙那边。

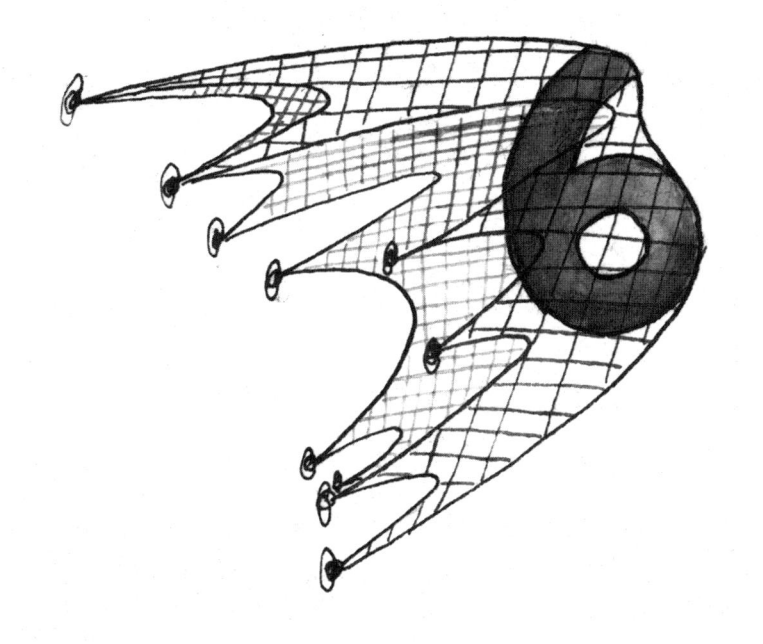

没过多长时间，天天、米莉和罗里就解出了线索。只有一个行星又小又热，还满是陨坑——水星。当他们在穿越金星大气层的时候，杰克感到整个车身一阵抖动。

"怎么回事？"他喊道。

天天看上去很沮丧："我们刚刚被闪电击

中了。"

米莉快速检查了控制器和引擎功能。"都还在运行。"

杰克松了口气。

"除了……"

"除了什么?"他问道。

"它打坏了咱们的助推器。"

杰克心想糟了,如果没有助推器加速度,他们不可能保持在第一的位置。

当他们向那颗小行星前进的时候,天天警告大家土星跑车队已经快要赶上他们了,另类火星人队在后面不远处,后面紧跟着海王星坏小子队。到他们能看到水星的时候,参赛各方势均力敌。杰克喊着让罗里加速,他决心要打败其他各队,尤其是另类火星人队。但是,不管罗里怎么努力，土星跑车队还是很快超过了没有助推器的他们。另类火星人队也急速超车了。这样炽热彗星队就成了第三，只有海王星坏小子队还在他们后面。

杰克想知道怎么才能找到检查站。就算水星不大，要找到检查站也好像太空捞针。他使劲盯着前视屏幕，最后视线都模糊了。他们绕着行星飞了一圈，还是找不到检查站。他们决定再向反方向飞，由杰克导航，这样罗里可以安全掉头，但接下来所见到的，让他们简直无法相信自己的眼睛。

"我们刚刚经过了另类火星人队！"杰克疑惑地说。

"那很好啊，不是吗？"米莉说。

"是很好，要不是我们刚刚是掉头的话。和我们擦身而过的应该是海王星坏小子队，而不是另类火星人队。"

"哇哦。我们肯定是在兜圈子。"米莉说。

就在这时,他们的车忽然急停,他们被定在了半空中。

"怎么了?"罗里大喊,"车子不动了。"

"是网,"天天看着后视屏幕说,"另类火星人队用个大网抓住了我们!"

杰克看着前视屏幕,它被网状的图像盖住了。

"别着急,"亨利平静地说,"我有办法。给我一小会儿。"

大家盯着电子人,他让米莉按下另一个键,这个键杰克以前从没注意过。他们听到一阵很大的呼呼作响的声音。

"发生了什么?"杰克喊道。

"看!"天天喊道。

杰克盯着屏幕。一个微型转锯从车外伸了出来。刀片切开了网,不到1分钟,他们就重获自由了。罗里再次加速。

"检查站在那儿。"杰克喊道。

罗里直线向着目标飞去。他不会再给另类火星人队第二次抓住他们的机会。

下一条线索的目的地是海王星。他们安全到达了那颗行星,但是怎么都找不到检查站。

"现在怎么办?"米莉问。

"无论如何,都要尽快找到它,"天天说,"外面开始结冰了。"

她是对的,银色的冰片开始爬上他们亮黄色的车身。和他们刚才到过的内行星比起来,这儿太冷了。米莉打开了取暖器,想要防止车子彻底结冻,但是不一会儿冰晶又慢慢爬上了车。这时,杰克看到了一个闪光的灯塔。

"检查站在那儿。"他喊道,指示罗里向那边开。

当他们到达检查站的时候,他们的车几乎全盖上了冰,就在那时通信屏幕亮了。这次积分榜显示他们是第三名。

"恭喜所有到达海王星的参赛者。你们的下一条线索是:善恶有报,因果循环。祝你们好运!"屏幕又黑了。

"那是什么意思?"米莉对着屏幕喊道。

"什么是循环?肯定是指一个圆的东西。"天天推论。

"真是个蠢线索,根本什么也没告诉我们。"罗里抱怨。

"亨利,你能帮我们吗?"杰克问。

"那个线索不在计算机系统里,"亨利说,"我得想想。"

他闭上了他的电子眼,不一会儿,他又睁开了。

"我知道了。"他说。

"嗯?"米莉问。

"因果循环。"亨利说着,右手握成拳,左手开始绕着它转圈。

"哦!环!是土星的环。我们得去那儿。"天天解释。

亨利点点头,米莉开始启动起飞倒计时。

虽然在学校他们都学过土星环,但真正见到它们还是很不一样。当车靠近的时候,冰冷的粒子快速穿梭而过,杰克观察着那些环,有的小如米粒,有的大如空间站。太空车快极了,很多粒子就像虚影般飞过。罗里拉升车子,在环的外缘飞行。杰克看着前视屏

幕，似乎土星跑车队和另类火星人队都不确定前面的方向。

"现在怎么办？"米莉问。

"我们应该去行星上面，避开所有的环。"罗里说。

"不。"亨利反对，"我们要飞进环里，去找下一个检查站。"

"不行！"罗里说，"如果试图穿过土星环，我们肯定会被撞毁。"但是，杰克、天天和米莉都同意亨利的意见，比赛中他做的决定一直是对的。

"我们可以跟着导航过去。"杰克说。

罗里十分不情愿，当米莉把车设置到正确位置，他还是开动了。他们进入土星环了。

"告诉我这是谁的伟大主意？"几分钟后，

罗里抱怨。

　　队员集体选择忽略他的话。太空陨石在他们周围飞速移动，就算被最小的一块击中，他们都会被撞成碎片。米莉给车子开启了防护屏，能不能安全通过，就看他们的团队驾驶技术了。

　　杰克放大屏幕，看到土星跑车队飞速超过了他们。他们径直向着轨道环飞去。然后另类火星人队也超过了他们，紧跟在跑车队后面。杰克觉得就算他们有幸安全穿过土星环，可是没有助推器，他们也不可能赢得这场比赛了。

　　他们五个人都全神贯注盯着航线，注意着四周的陨石。杰克看到土星跑车队离土星更近了。他仔细地看着屏幕，跑车队刚刚避开一块陨石，杰克放大屏幕上他们那辆橘色的车，

正好看到他们差点撞上左侧的一块，然后又几乎要撞到另一边一块更大的陨石，但他们仍没偏离航线，继续前进着。杰克把屏幕缩小回到更广的视角。

"我希望他们没事。"米莉说。

"我希望我们没事。"罗里接话。

"我们必须加速，不然我们会输掉比赛。"杰克说，他都看不见火星人队了，也看不到坏小子队。

他密切注视着屏幕。"小心！"他叫道，面前一块陨石填满了整个屏幕。

罗里一个急转向左，有惊无险地避开了。米莉惊呼一声，他们的右边也差点被撞到了。由于转向太急，罗里对车失去了控制，他们的车开始在空中打转，他好不容易才拉回方向，调正车身，及时避开了下一块飞来的陨石。这

时，火星人队从右边出现了。他们抓住机会超过了跑车队，回到了第一的位置。彗星队也不放弃，只是在躲避陨石的时候慢了下来。他们还在第三的位置，但是杰克知道，他们能安全穿过土星环已经是万幸了。他开始想，也许他们真的只是来打酱油的，而不是真正的赛车手。

接着，杰克看到一个影子呼啸着一闪而过。他以为他们要被撞到了，却看到屏幕上一个闪耀的红点。是火星人队超过了他们。杰克皱起眉头。那不可能！火星人队已经在第一名了。

"火星人队刚刚从我们后面过去。怎么可能？"杰克问。

似乎没人知道答案。他又回头看屏幕。"靠左！"他大喊的工夫，刚够罗里避开另一个陨石。

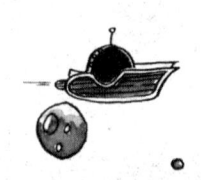

杰克把注意力都集中在了火星人队上。火星人队开得更快了,和跑车队几乎是并驾齐驱。突然,火星人队往侧面猛转,撞向了跑车队的车。

"火星人队正把跑车队撞到一块陨石上。"杰克喊。

火星人队回到原位,加速飞到跑车队前面,然后又飞到它后面。杰克注意到隐约有根金色的绳子连着两辆车。

"那是什么?"他说。

天天扭身向前,眯起眼睛看着屏幕。

"哇!"她惊叫,"他们在捆跑车队的车。"

杰克放大屏幕,天天是对的。火星人队用细细的金线缠绕住了跑车队的车。

"那是什么东西?"米莉问。

"是太空蠕虫的丝。"亨利说,"全太阳系

最坚韧的丝线。"

"哦,所以你终于决定加入这场比赛了。"罗里讽刺亨利。

"你这样可不礼貌。"米莉皱起眉。

"他根本没怎么帮忙,一点用都没有。"

"根据我记忆系统最近的记录,我不被允许和你一起开车。不记得了?"亨利说。

"那并不意味着你不能帮忙啊,副驾驶。"

"别吵了,"天天打断他们的争吵,"他们要用那个丝线套索做什么?"

"我判断他们要把土星跑车队甩出轨道。"亨利说。

火星人队开始绕着土星跑车队跑圈,速度越来越快。等紧紧捆住了土星跑车队的车,他们就松开了自己车上的丝线头,让跑车队的橘色赛车飞出了轨道。土星跑车队出局了。

电量 2%

8

他们深受震动，但好在仍在航线上，便继续驾驶着赛车穿越土星环。当他们成功穿过第一环的时候，他们徘徊了一阵，想稍微休息一下。车内通信屏幕亮了。

"恭喜剩下的3支队伍。结果请看积分榜。"

比赛结果出来了,却让杰克无法相信。海王星坏小子队遥遥领先,后面是炽热彗星队,而最后是另类火星人队。怎么可能呢?最后一轮他几乎没有看到坏小子队,在他们前面的一直是火星人队。屏幕又开始闪了,调换了坏小子队和火星人队,然后又换了回来。这和当时他们在金星时发生的事情一模一样,只是这次是坏小子队在前面。

"有人作弊,"罗里抱怨道,"要不就是坏小子队做了手脚。"

"但他们怎么做手脚呢?"米莉说。

"他们人在哪儿呢?"天天补充道,"从我们到土星以后还没见过他们。"

"暗流汹涌啊。还有,亨利,你还没告诉我们,"罗里说,"为什么CIA派你来?"

"我不觉得他会告诉你。"杰克说。

"为什么?我们需要知道。"罗里分辩道。

杰克指着亨利,罗里看过去。

"他把自己关了。"杰克说。

"他那么做只是为了啥也不告诉我们,"罗里发牢骚,"那我们再给他打开。"

"我同意你的办法,"杰克说着,瞥了一眼亨利胳膊上的控制板,"但他只有2%的电了。我觉得他需要先充电。"

"等等!火星人队来了,就在我们后面。"天天说。

"但他们怎么可能在我们后面呢?"杰克说。

"不知道,但我们也是时候动身了。"天天回答。

罗里全力加速,他们飞向了土星的第二环。

第二环似乎没有那么难通过了,现在他们也习惯了躲避陨石。虽然陨石移动的速度似乎也更快了,他们还是顺利穿过了。但当他们看到第三环的时候,杰克感到没那么自信了。这一环的陨石要密集得多,大大小小各种形状的陨石绕圈飞速转动,看上去像冰块横亘在他们面前。驾驶员罗里是不可能穿过去的。

　　"我们绝对不可能从这儿飞过去。"罗里喊道。

　　"我们得跟着别的队,要不然我们就输了。"天天说。

　　杰克知道他们两个都是对的,但是解决的办法是什么呢?他们至少得跟上,但是他也不想被击碎。他转向亨利,现在他有70%的电量了。那应该够了,杰克想,于是他打开了亨利的开关。

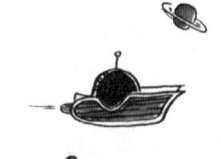

"嗯？我错过了什么？我们现在在哪儿？"亨利说。

"土星第三环。"米莉说。

"什么？我们还在穿越土星环？我们永远也穿不过去！"

这可完全不是杰克期望从他那儿听到的。

"冷静，亨利。"罗里说。

"我们得离开这儿。"亨利喊道。

"那比赛怎么办？"米莉说。

"我们还是可以赢。"亨利回答。

"是你告诉我们进土星环的啊。"罗里嚷嚷道，"我们已经走了这么远了，我可不会因为你害怕而放弃比赛。"

"我不是害怕。"亨利坚称。

"那我们必须得穿过去。"

"但是检查站本来就在第二环，还

有……"他忽然停住不说了。

"哈！我就知道你在隐瞒什么。"罗里说。

"来吧亨利，露馅儿了吧。"杰克附和道。

"馅儿？什么馅儿？"他说。

"告诉我们为什么你在这儿，还有，关于比赛，你知道些什么。"杰克坚决地说。

"请给我一小会儿。"亨利回答。

电子人打开自己的胳膊，快速地在里面的控制板上输入一系列数字。终于，他停下了，抬起头来。

"哦不！我似乎推算错了，"他喊道，"我们得去土星上面。"

"那是我之前说的，我们一来土星就该去那儿，"罗里大发牢骚，还翻着白眼，"没人听我的。"

在亨利的指挥下，米莉把车调整到垂直位置。

"这不可能起作用。"罗里宣称。

"我激活了紧急备用助推器。它会有完美表现的。"亨利说。

"我们还有备用助推器？"罗里怪罪道，

"你早就该告诉我们。"

亨利无视他，米莉启动了超速传动。

罗里循着亨利的指向，把车头朝向行星上方，虽然他对此不大高兴。杰克觉得自己整个身体被紧紧地压在座椅靠背上，肚脐眼都快从后背压出去了。他把手向前伸，感觉就像在推一堵砖墙，虽然面前只有空气。他用尽全身力气往前够，打开了前视屏幕。陨石朝他们迎面飞来，看上去就好像下落的星星雨。他们起飞了，穿越土星环向上飞去。

"左。右。右。左！"杰克发号施令。

当罗里驾车在飞石间穿梭时，杰克开始觉得他们几乎不可能通过这个比赛。米莉太害怕了，一直捂着眼睛。天天看上去也脸色发白。

"右。右。左。左。大力向右！"杰克为罗里

指挥，因为越来越多的陨石向着屏幕飞来。

　　幸运的是，他们的驾驶技术还不赖，没多久，他们就逃离了土星环。米莉调整了车的角度，罗里驾车飞过了土星棕色的气状表面。

　　"你可以松开座椅的固定扣了。减速。"亨利说，"我们已经安全到达土星上方。"

　　"好啊！"罗里硬邦邦地说，"也许关于比赛你知道得比我们多，但现在因为你的失算我们可能已经出局了。"

　　尽管杰克非常不愿意，但是不得不同意罗里的话。女孩们看上去也很沮丧。如果亨利让他们知道所有事，他们也许能更及时地纠正错误。

　　他们开始讨论检查站可能在哪儿，以及怎么才能找到它。杰克注意到亨利在座位下到处摸索，过了一会，他拿着一个怪模怪样的背

包。那背包是银色的,闪闪发光,看上去触感柔软,似乎里面只装了空气。他们都看着亨利把包带搭上肩。

"你在干什么?"杰克喊。

"CIA刚刚给我发出警报,我得马上开始执行任务了。"他说。

"警报?"罗里说,"什么警报?"

亨利举起自己的手臂,他的手表闪着蓝色光。"离任务开始还有15分钟。"

杰克很恼怒。他总是站在亨利一边,但现在他觉得罗里是对的,亨利所关心的只有他的CIA任务。他根本不关心他们是否能赢得比赛。其他人看上去也和杰克一样生气。

"所以你把我们带到这儿只是为了完成你的任务,而不是找到检查站?"杰克大喊。

"别担心。检查站一会儿也会出现。你们

只要让他们知道你们到这儿了。"

"那是什么意思?你等于什么也没说。"杰克咆哮。

"对不起,我必须关掉自己的电源了。我需要足够的电量来应对任务。"

随即,亨利再次关掉了自己。

"哦不,你不能!"杰克说。

他想过去再次打开亨利的电源,好让他给大家一个解释,但是那个电子人给控制面板上了锁。

接下来的15分钟过得十分漫长。他们都疲惫而恍惚,自从离开金星后,他们还没有得到过真正的休息。

"真希望咱们有点东西吃。"罗里抱怨。

似乎有魔法相助,车前仪表盘的一个控制

器打开了,里面是四份太空餐。

"哇哦!你怎么做到的?"米莉问。

"我不知道。"罗里老实承认。

没人在乎。他们都饿极了,各自抓过食物,狼吞虎咽起来。吃完后,天天打开了后视屏幕。

她倒抽一口气。

"是另类火星人队。"她大喊。

大家都看向屏幕,她说得没错。火星人队正从土星环飞射出来。米莉尖叫起来。这时,亨利打开了自己的电源。

"嗯?怎么了?"他说。

没人理他。他们都还在生气,尤其此刻面临另类火星人队的袭击。

"是时候开始执行任务了。"亨利说。他坐到了紧急出口的座位上。

另外四个彗星队的队员盯着他。

"在你抛弃赛车之前,你能不能先告诉我们你在做什么。"杰克说。

"我被派来阻止火星人队实施毁灭火星的计划。"

"什么?"他们同时惊叫出声。

"我所知道的全部就是火星人队计划炸掉火星。"亨利说着紧了紧他的背包。

"全部?"罗里追问,"你在说的是我的家乡!"

"对不起,我必须出发了。"亨利回答。

他按下出口按钮,罗里想抓住亨利问个明白,但亨利已经弹出了太空车。

亨利又向下方的土星环飞去,那里简直就是鬼门关。大家看着他,都很安静。一方面因为他们刚刚得知另类火星人队计划摧毁罗里的母星,另一方面因为亨利正在执行一项可能送命的任务。杰克看见亨利向火星人队飞去,他手臂紧紧贴在身体两侧,在冰冻的飞

石间穿梭。有些石头离他那么近,有几次杰克觉得他肯定要被击中了。直到开始觉得有点晕了,杰克才意识到自己一直屏着呼吸。就在这时,杰克看见一个飞石击中了亨利身体的一侧,他才减慢了一下速度,但很快他又继续前行。太险了!

罗里前倾身子盯着屏幕,眼睛睁得比球还圆。杰克知道他此刻多害怕,多担心。当初他得知自己的家园要被大恶棍葛拉道客炸掉的时候,他体验过这种滋味。但是杰克无法理解的是,另类火星人队为什么要炸掉自己的星球。

杰克盯着屏幕,亨利离火星人队更近了一些。他速度很快,而螺旋向下的他还在加速。如果以这个速度撞上另类火星人队的红色赛车,他会像只太空虫一样被拍扁在挡风屏幕上。正当亨利似乎要直冲进火星人队的车子的时候,亨利拉了一下他背包的绳子,一个大大的蘑菇形状的伞从背包里弹出来。他打开了太空降落伞,安全降落了。

杰克悬着的心总算落下了,但是亨利现在准备干什么呢?

杰克还没来得及猜测,他就看到了不可思议的一幕。又一辆另类火星人队的车在亨利到达的那辆车旁边出现了。现在有两辆一模一样的红色赛车,这怎么可能呢?

杰克重新查看前视屏幕,两辆车都还在那里。他放大前面那辆,看到亨利打开车顶的舱门,消失在车里。杰克再次放大,两辆车还在那儿,他揉揉自己的眼睛,但屏幕上确实有两辆车。

"快看看这个。"杰克指着屏幕说。

"谁来告诉我,我没看重影。"罗里嚷嚷道。

"你没有看错,是有两辆车。"

"原来这就是为什么火星人队总是赢得比赛,他们有两辆车。"天天说,"此前难道没有人注意到?"

这就对了,杰克想。有人应该已经注意到了。然后他突然意识到了什么——他们已经很久没看到坏小子队了。为什么每次火星人队出现的时候坏小子队就消失了?有没有可能是坏小子队假扮成了火星人队?他又回想起在金星的机棚里看到的坏小子队赛车周围发出的奇怪的红色微光。也许这之间有着什么关联,也许那个红色影子根本不是他的幻想,还有他们车上那块紫色的油漆。会不会其实是坏小子队攻击了他们?

杰克告诉队员们他的想法。虽然这听上去

不太可能,但实在没有别的说法可以解释这一切。坏小子队肯定用了什么方法伪装成了火星人队。

"我们得警告亨利。"天天说。

"没办法联系上他。得靠咱们自己了。"杰克说。

"我真希望他在这儿,"米莉说,"他会知道怎么办的。"

"如果你的推断是对的,坏小子队把自己伪装成了火星人队,那么哪一辆红车是真正的火星人队的,哪一辆是坏小子队的?"罗里问。

"还有,哪一队是真正的坏蛋?"米莉补充道。

"你刚才说什么?"杰克问。

米莉皱起眉头:"如果他们看上去一样,

我们根本不知道谁是谁,对吗?"

杰克快速做了个决定。"给我穿上太空服。"他下令。

其他队员都看着他,惊呆了。但是杰克很肯定自己必须要做的事。

虽然有百分之五十的可能亨利去了真正的火星人队赛车里,但也有同样大的可能性他碰巧去了坏小子队的车里。无论如何,杰克得保证两辆车都被盯住。罗里递给杰克一套太空服。

"你彻底发疯了吗?"天天说,"你这是去送命!就算你不被陨石击中,你也会被火星人,或者坏小子们抓住。"

"我必须得去,"杰克回答,"如果亨利上了错的车,那他就来不及阻止火星被炸毁的计划了。"

"他是对的,"罗里说,"没有时间可以浪费了。我的母星随时可能被摧毁。"

"那我跟你一起去,杰克。"天天说。

杰克知道没法争辩,天天已经在穿自己的太空服。而且,她看上去下定了决心,不是儿戏。

他们一起进到气闸室,杰克给了罗里一个信号,让他把他们送进了太空。

如果说在太空车里的时候杰克觉得飞旋的冰冻石粒很吓人,那此刻暴露在外的感觉还要可怕几百倍。陨石从他身边嗖嗖飞过,他必须时刻保持高度警觉的状态。他不停地躲避、迂回,一会儿向这边转,一会儿向那边转。他时不时地瞥一下天天,她也用同样的方式前行着,但技术比自己好多了。她怎么做到的?杰

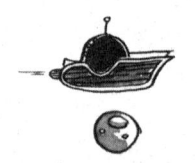

克想知道。当杰克像烈日下的冰激凌一样汗如雨下的时候，她看上去却游刃有余。他敢肯定自己还没到目的地，就会被撞成碎片。

就在这时，他看到一辆红色赛车正在迅速靠近。杰克向前伸展双臂，就像超人那样，准备好在太空车顶上着陆。他稳住自己避免受到冲击，但是他不但没有碰到车，反而直接从中间穿了过去。

那儿根本什么东西都没有！

现在杰克知道怎么会有两辆另类火星人队的车了。第二辆车只是一个全息影像！他在机棚里看到坏小子队的女孩的时候所见车子周围的红色微光也是全息图。那根本不是火星人队——是坏小子队伪装的。那就是为什么坏小子队出现又消失的原因。

这时，他在正下方看见真正的坏小子队的

紫色赛车。他便朝着它飞过去。他再一次准备好着陆。但是他不确定自己的速度,他有可能会重重地撞到车上。终于,杰克很不优雅地肚子着地了,风又把他掀翻。他在太空服内吸了一大口氧气,然后呛到咳嗽起来。

终于他调整好呼吸,转过头去,看见了天天,隔着太空服他都看见她的脸比火星人队的车还红,他不是唯一一个为糟糕的着陆而发窘的人。然后她指了指车的入口舱门,杰克点点头。他们出发了。

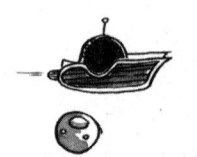

杰克很快意识到毫无计划地降落在坏小子队的车上不是个好主意。他们什么状况也没搞清楚,只知道要进到车里去。现在他和天天进到车里了,却不知道要做什么。唯一值得庆幸的是,坏小子队车里有正常的重力环境,他们不用到处飘了。

这辆车子在它出厂的那个时代里似乎是很先进的。车里有各种各样杰克从来没见过的表盘和控制器。座椅可调节,甚至还有茶杯架和烟灰缸。墙壁上整面覆盖着投影银幕,所以看上去就像一个正常的窗口,坏小子们可以通过声控来放大或缩小图像。但现在所有东西都看上去又老又旧。有些控制器已经快掉下来,被牵着的电线挂着。地板都是脏脏的,还有些褪色。三个坏小子队的成员转过他们破旧的转椅,盯着杰克和天天。其中一个是杰克上次在金星机棚里看到的女孩。

"嗯……嗨!"杰克弱弱地打招呼。

"所以,你们成功地发现了我们的计划?哈?"队长布莱克用蛇一般恶毒的声音说。

"我们直接穿过了你们的全息图。"天天说,她手臂交叉在胸前。

虽然他们正面临一个大麻烦,杰克还是忍不住微笑了,就算在这种情况下,天天也还是如此镇定。

"是的,我们一个聪明的小花招,你们不觉得吗?"布莱克回答。

"你们怎么做到的?"天天问。

"简单。我们拍了张火星人队赛车的照片,然后加了个投影盾。我们想变成火星人队的时候,就打开图像投影;我们想做回坏小子队的时候,我们就关掉他。"

布莱克按下椅子上的一个操纵杆,椅子就向前移动,向杰克飘过来。"既然你到了这儿,你倒可以帮我们的忙!"布莱克不怀好意地说道。

"我不觉得那是个好主意,布莱克。"一个瘦得皮包骨头的坏小子队员用又细又尖的声音说。他也把椅子移向了杰克和天天。

"为什么不?埃里克!"布莱克厉声说。

"嗯,好吧,嗯,呃,因为那样他们就知道我们的计划了。"埃里克结结巴巴地说。

布莱克大笑着,他整个身体都抖了起来。杰克和天天互相看着,那家伙完全疯了。

"他们能告诉谁呢?"布莱克说着眼泪都笑出来了。

的确,现在他们俩在这里,闹不出多大名堂。他们被困住了,但只有一件事是杰克可以肯定的。"如果你觉得我们会帮你赢得这次比赛,你就别费劲了。"杰克说。

"谁说要你帮我们赢了?"布莱克回答。

"就是。"埃里克附和,然后他转向布莱克,"嗯,呃,为什么不?"

"太空一样的大脑啊!因为,我们的目标

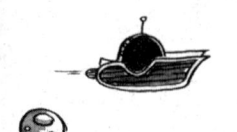

不是赢,我们是要摧毁那颗年年赢我们的星球。那样的话,我们就永远是冠军了!"布莱克咆哮道。

他们两个人为如何毁掉另类火星人队、炸掉火星,好确保他们此后永远是赢家争论起来。杰克不得不尽快想个法子打断他们的争论。

"嗯,打断一下。"杰克插嘴。

"如果有问题要问那就举手。"布莱克说着,为自己的玩笑笑起来。

"你们怎么能肯定……"杰克说。

"举手!"布莱克又说。

杰克觉得很蠢,但他还是举起了手。

"什么问题?"布莱克说。

"你们怎么凭一辆太空车炸掉整个行星?"

"我们要演示给他们看吗,露西?"布莱

克对坐在控制台旁边的第三个坏小子队员做了个手势。

露西点点头,杰克记起他在金星上看到的在坏小子队赛车旁边出现的微光,以及露西跑掉的样子。她肯定是他们伪装自己的技术骨干。

"那就让我们开始吧。"布莱克说。

露西打开了后视屏幕。杰克能看见的全部就是旋转的陨石流。他还是无法想象坏小子队的计划。他只希望他们没有聪明到真的能实施计划。布莱克和埃里克的智商看上去和一些太空细菌差不多。但接着他听到一阵金属摩擦的声音,他一转身就看到露西按下了控制面板上的按钮。

"一号导弹准备发射。"她宣布。

杰克没法控制自己,他开始大笑。

"你觉得这好玩么?"布莱克冷笑。

"你不可能用一个导弹炸掉整个星球!"

"那么,六个呢?"露西说。

"就算……"杰克说。

"六个装置导弹的小行星。"

杰克的笑容迅速消失了。如果说一颗小行星撞地球可以毁灭恐龙,那么六个装着导弹的小行星肯定会摧毁整个火星。他看向天天,当他看到天天惊恐的表情时,他就知道那是可能的。

"现在我们只需要一个足够大的小行星,好让我们把第一个导弹装上去。"布莱克一边说着,一边摩擦着自己的手。

"哦,那儿有一个!那儿有一个!"埃里克喊道。他指着屏幕,兴奋地像个小孩。

露西在电脑上键入了一些数字。

"好了……那么……我们准备好发射第一个导弹了。"

布莱克敲下发射按钮。杰克无助地盯着投影屏幕,看着导弹从车底直线射出,飞向埃里克指的那颗小行星。导弹着陆了,贴在一个巨大冰冷的大石块上。杰克听到天天倒吸了口气,她的手捂着嘴,眼睛因为害怕而大睁着。

"你们为什么要这么做?"杰克问道。

"你们从来没有出名过,所以你们不会明白的。"布莱克说。

"没错,"埃里克接着说,"曾经我们要什么有什么。大把的钱、炫酷的车、最好的衣服。最棒的是,人人都喜欢我们。"

"但再也没有了,"露西补充道,"现在甚至都没人知道谁是坏小子。我们希望回到从前。不是吗,男孩们?"

"但……但……想想所有在火星上生活的人。"杰克结结巴巴地说。

"我们想过了。这就是为什么我们要确保再也没有一支队伍像另类火星人队一样快了。摧毁行星,毁掉比赛。"布莱克回答。

"最好的是,没人会知道是我们干的。有了伪装,所有人都会以为是另类火星人队毁掉了他们自己的星球,而我们会重新成为冠军。"埃里克补充道,脸上浮起令人作呕的微笑。

"但是我的朋友,罗里……"杰克继续。

坏小子们没有理他,他们正为找到了其他够大的小行星而高兴,然后他们发射了剩下的五个导弹,每一个导弹都粘到了一个巨型小行星上。最糟糕的是,杰克知道他们什么也做不了,因为他们被困在这辆车上,和坏小子们待在一起。而除了炽热彗星队，没人知道他们邪恶的计划。

"现在，我们只需要设定好导弹到火星的航线，那颗星球就完蛋了。"坏小子们一起恶毒地大笑起来。杰克无助地看着他们，天天的脸色已经变得比月球还白。

他努力地思考，他们必须得阻止坏小子们把导弹发射到火星上。他真希望亨利和他们在一起，他肯定可以重新设置导弹的航线。但是杰克对程序一无所知，就算知道，他也对抗不过坏小子们。这是三对二的对抗，而且对方都比他们高壮。

除非他能设法警告另外两辆车！但是即使他能和他们通话，另类火星人队会听吗？马特已经表现得非常清楚了，他一点都不喜欢通过特邀名额参赛的炽热彗星队，他尤其不喜欢

杰克。要向一个往自己脸上砸盘子的人寻求帮助，可能吗？但是如果火星人队知道自己的母星处境危险的话……

"航线设定完毕。现在，我们需要做的就是敲下最终发令按钮了。"布莱克说。

"我来！"埃里克欢乐地摩拳擦掌。

杰克知道一旦埃里克按下那个按钮，就没法再阻止导弹飞向火星了。他痛苦地抓着自己的头发，觉得毫无办法。

但当他摸到还粘着发蜡的头发，他一下子有了主意。

当坏小子们忙着观察屏幕上的小行星时，杰克偷偷摸到自己的口袋，用胳膊肘轻轻捅捅天天，给她看零重力发蜡的罐子。

杰克小声说："你分散他们的注意力，我会把发蜡涂在控制台上。"

天天笑了,点点头。她做了个深呼吸,指着后视屏幕尖叫起来:"哦不!那是什么?"

坏小子们都转过身去,坐着椅子飘了过去。与此同时,杰克把罐子倒在手上,把里面的发蜡全都倒了出来。他屏住呼吸,好让自己不用闻那恶心的气味。他快速地把黏黏的散发着恶臭的发蜡涂上了控制台,堵上了按钮。他朝坏小子们看了一眼,他们还不知道发生了什么,不过瞒不了很久。现在只有一件事要做了。

杰克知道如果大赛主办方可以对车内广播，那他们也一定有办法与车外联系。他摸索着迷宫般的控制器和表盘，它们现在都粘着发蜡。然后他看见驾驶员控制台旁边挂着一个小的黑色麦克风。他把它拉出来，打开了开关，希望这个有用。坏小子们还在盯着后视屏幕,试图找出让天天尖叫的那个东西。她是个好演员,杰克开始觉得这个计划真的有可能成功。他按下扩音器上的黑色按钮,然后看见布莱克嫌弃地捂着鼻子。

"埃里克,我跟你说过比赛期间吃太空卷心菜会怎么样?"

"不是我,"埃里克抗辩道,"肯定是露西放屁了。"

"我没有放屁。"露西喊道,虽然不是她干的,她还是刷地脸红了。

"那可能是他们俩干的。"

杰克知道在坏小子们发现他之前他只有几秒钟了。他对着麦克风说起话来,只希望其他车上的人能听到他说的。

"我是杰克,我们在坏小子队的赛车上。他们才是真正破坏比赛的人,他们要炸掉火

星。现在已经有六个小行星被装上了导弹,我们必须在他们激活导弹轨道前阻止他们。"

麦克风噼啪一响,杰克听到了罗里的声音:"录下来,亨利已经警告我们了。"

然后又是咔哒一声,亨利的声音传过来:"我进入火星人队的车之后就知道不是他们了。现在火星人队知道他们的母星面临危险,他们会帮忙。我可以用我的电脑系统来转移导弹航线,但是我们仍然需要阻止……"

在杰克回答之前,布莱克抢过了麦克风,直接把它从控制面板上拽了下来,气冲冲地扔到一边。

"我知道你想做什么。但是太晚了。现在你们永远也不可能阻止我们了。"

坏小子们循着气味四处闻着,直到他们发现了臭味的来源。布莱克看到控制台被又黏又臭的发蜡整个盖住的时候，倒抽了一口冷气。

"埃里克！"他大喊，虽然埃里克就在他旁边，"把这个东西弄掉——现在！"

埃里克从口袋里拉出一个皱巴巴的手帕，开始擦控制台。

"别用那个了。你这个蠢蛋，你得刮掉它！"

露西抽出一个十字形的东西，既像铲子，又像土豆刮皮刀。她一边快速地刮着发蜡，一边屏住呼吸。

在露西拼命刮发蜡的时候，杰克寻找着火星人队和彗星队。但是什么也没看到，不管他怎么努力盯着前视屏幕，他所见的只有嗖嗖的陨石流和亿万闪亮的星辰。航线很快就要被激活，把导弹发往火星了。其他的车得赶紧

行动,因为现在露西已经把发蜡刮下来了。他们已经没有时间了。

"准备好了。"

露西按下了最终指令按钮,一个冰冷的声音响彻太空车。导弹向火星飞去。太晚了……杰克知道在没有外力帮助的情况下,他们不可能让导弹停下来了。唯一的方法就是把导弹推离航线。

就在这时,他听到坏小子队的赛车底部传来哐啷哐啷的声音。整个车都摇晃起来,天天跌到了杰克身上。会是亨利或者彗星队的人吗?

"怎么了?"埃里克忙问。

天天脑筋转得很快,她说:"有人试图袭击这里。你最好下去看看。"

埃里克的眼睛睁得比满月还圆。

"对啊,下去看看是怎么回事。"布莱克冷冷命令道。

"那儿可能不止一个人,可能有四个人,如果是火星人队的话。"杰克补充道。

"说得对,"布莱克说,"我们必须去看看。来!"

杰克看着露西跟着布莱克和埃里克进了气闸室,天天对杰克使了个眼色,她迅速按下了一个插着钥匙的大按钮,把他们三人反锁在里面。

天天和杰克马上行动起来。现在必须让导弹立刻停下来,当他们飞快地学着操作坏小子队的控制台的时候,他们看见了彗星队的黄色赛车出现在前视屏幕上。正如杰克所料,那哐啷声是由另外一辆车制造的。从底下碰撞坏小子队的车,这真是个聪明的诱饵,杰克想。

然后他们看见火星人队红色的赛车加入黄色的彗星队，出现在了屏幕上。他现在觉得也许真的有希望阻止那些小行星——如果亨利可以及时改变导弹的航线的话。

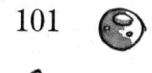

13 尾声

彗星队和火星人队一路狂飙,天天驾驶着坏小子队的车,紧紧跟在后面。想要在导弹到达火星之前将它们截停,三辆车都必须以最高速飞行。

天天追上了第一颗被装上导弹的小行星,她将坏小子队的车开到与小行星平行,接着向

左猛地一转，直接撞上了小行星。杰克感到车身因为撞击剧烈抖动着，但小行星的运行航线却丝毫没有改变。他们需要一辆更强劲的车，杰克想，但现在肯定来不及了。有一样东西也许能帮上忙！杰克在控制面板上仔细寻找。终于，他找到了，并按下那个按钮，车子的保护盾启动，覆盖了全车。

天天对他比了个赞的手势，他们再一次把车对准了小行星，这次她全力地把小行星撞向一边。成功了！它飞离了航线，进入了幽深的太空。干掉了一个，还剩五个。

这时通信屏幕亮了。"下一个检查站的线索是：红色的星球。没错，今晚你们需要穿太空服了。"

"我真不敢相信。终点就在火星上。"天天说。

"如果它还存在的话。"杰克补充道。他看见另外一颗小行星从屏幕前嗖地飞过。彗星队把第二颗小行星撞离了航线。但杰克看到彗星队的车后身全被撞毁了,它慢了下来,没法再撞掉下一个导弹了。

杰克看见火星人队撞掉了第三颗小行星,那颗行星不停打转后,飞离了航线,消失了。一团浓烟从火星人队的车后冒了出来,他们也在减速。还有三个导弹,它们正高速飞往火星,那颗红色星球在前方隐约可见。

天天用力撞上第四颗小行星,把它也撞离了航线。

现在还剩两个导弹,但是另外两辆车都坏了,天天和杰克来不及在到达火星之前把两个小行星都撞掉。天天在小行星后面加速,但他们甚至一个都追不上,别说两个了。拯救火星的最后

机会都在亨利身上了。他可以及时阻止它们吗？

杰克和天天无力地互相看了一眼，杰克闭上了眼睛。只有几秒钟了，一切都太迟了。

但是当他再次睁开眼睛却看到了神奇的一幕，那两颗小行星都在空中停了下来。一切发生得太快，以致天天差点撞上了其中一颗。然后那个巨大的石头转了向，离开的速度快得几乎看不清，直到飞出很远后，一个导弹爆炸，在空中燃起一小团火花，随后另一个也炸掉了。亨利成功改变了导弹的路线。他做到了。火星得救了！杰克鼓起掌来。

"杰克！我们有麻烦！"天天喊道。

杰克看向屏幕，她说得没错。屏幕前一片亮红。他们的注意力都在那两颗小行星上，完全没有发现自己马上就要撞上火星了。天天全力减速，但是他们的速度实在太快了。杰克看见了着陆跑道,当他们靠得越来越近时,他看到下面有一群人正挥舞着旗帜欢呼着,他们在终点线外等着冠军归来。唯一的问题是,没有人知道他们的车失控了。跑道后方不远处有个湖,杰克知道,在湖面迫降是安全降落而避免着陆在人群中的唯一办法。

"向左!"杰克喊到。

天天使劲转向。随后,破破烂烂的车子跌落到湖中,浮在上面。杰克和天天互相看看,他们竟然还活着,两人都觉得难以置信。

"开得不错!"杰克说。

天天大笑起来,打开了顶部的窗户。

杰克先把头探出窗外。人群正朝他们涌来,为他们的到达欢呼着。他俩从窗户爬出去,然后从湖中游向岸边。杰克还没反应过来,就

被簇拥到岸边,一个沉甸甸的金属奖章挂到了他脖子上,一张闪亮的门票被塞进了他手里。杰克看看那张门票,真不敢相信,他们真的赢了火箭杯太空车挑战赛,而今年的奖品是机器人运动会的门票!那可是一票难求的运动会啊,是全太阳系最著名的活动,他一脸不可思议地看着天天。

杰克心中还挂念着其他人。他知道那两辆车都出了故障,他抬头看向天空,可是并没有他们的踪迹。

忽然,在喧嚣的人群上空,传来了咔嗒咔嗒的引擎声。一个红点出现了,火星人队要降落了,他们车后拉出一道烟。不一会儿,炽热彗星队的黄色车子也进入了视野,咔嗒咔嗒地准备降落。

穿过拥挤的人群,杰克和天天跑向他们

的朋友。因为杰克和天天第一个冲过终点线,炽热彗星队成为了比赛的胜利者。当罗里和米莉也得到他们的奖章和门票后,开心地大笑起来。而周围的观赛人群并不知道,他们不仅赢得了比赛,还拯救了这颗行星。终于,亨利从火星人队的车上下来了,也被授予了奖章。

杰克看到火星人队的队员们孤零零地站在一边,穿着太空服的他们失落地在胸前叉着手臂。杰克轻轻捅捅天天和其他队员,走向火星人队,却不知道该说什么。他们已经蝉联了那么多届冠军,这次彗星队得冠肯定让他们怒火中烧,尤其彗星队还是特邀参赛选手。

"我们很感谢你们拼尽全力拯救了我们的星球。"马特说。令杰克吃惊的是,火星人队的队员们都露出了友好的微笑。

"谢谢,"他回答,握了握马特的手,"幸好

我发消息的时候你们相信我了。如果没有你们,我们也做不到。你怎么知道我说的是真的?"

"很简单,"马特解释,"当积分榜总是调换我们两队的位次的时候,我们就感觉有些不对劲了。"

"对啊,"另一个人说,"当亨利开始告诉我们,我们的太空破坏行动有多糟糕的时候,我们意识到事情真的很严重。我们也许擅长破坏,但是从来不会真的置其他对手于死地。那些都是海王星坏小子队干的。"

火星人队的第三个成员也插话:"然后你的消息就来了,我们彻底明白了怎么回事。坏小子队一直在伪装成我们。"

CIA的两个人,布里和威尔,在人群中出现了,他们向杰克和他的朋友们挥手。

"我得走了。"杰克说。

"明年比赛见,"马特说,"总有机会打败你。"

杰克笑了,跑去和队员们会合。当他们过去的时候,亨利站在布里和威尔旁边。

"干得漂亮,队员们。如果没有你们,CIA完成不了这个任务。"威尔说。

"是的,对不起我们没有提前告诉你们这个任务,"布里说,"我们必须确保你们看起来真的是来参加比赛的。"

"只有亨利知道各个检查站,这样方便他执行任务。"威尔解释道。

罗里转向亨利,脸都气红了。"所以你一直都知道?"

"嗯,是的。CIA告诉我他们的一些导弹被偷了,我们跟踪到了太空车总部,以为是火星人队干的。"亨利补充道。

"我们都以为是火星人队。"布里解释道。

"是你们这些孩子们发现其实是坏小子队。"威尔说。

"坏小子!"杰克这才记起来,"他们还在太空车的气闸室里。"

"好啊。这样倒容易逮捕他们了。"威尔说,"我们走,布里。"

"再次感谢你们,炽热彗星队。"布里说完,跟着威尔往湖那边去了。

罗里正要为亨利没有告诉他们CIA的任务想伸出手掐他的时候,一个3D摄像机出现在他们面前。罗里马上用伸出去的手完成了一个拥抱,还不忘对着镜头微笑。杰克被授予了一个可移动旋转太空车式样的奖杯,接下来的几分钟,他眼前只有晃眼的闪光灯闪个不停。

感觉多少有些奇怪,人人都在为他们赢得

比赛而鼓舞欢庆,而丝毫不知道他们脚下的星球只差一点点就永远消失了。杰克对天天笑笑,天天也回之以微笑。

这时杰克的妈妈跑了过来,她弯下身来,在杰克脸颊上留下了一个大大的吻。杰克退后一点,看到泪水滑下了妈妈的脸庞。

"哦,谢天谢地你还好好的,"她啜泣着,"我就知道你爸爸当初绝对不应该让你参加比赛。"

"啊,不好意思,但是是你同意让他参加的。"爸爸回应。

"因为我知道他肯定会赢的。"妈妈回答。

杰克对父母笑了。"没事了,妈妈。我几分钟后回来。"他让爸爸妈妈自己去争,他回到了朋友那儿。

稍远处,他们看到坏小子们被CIA的人铐

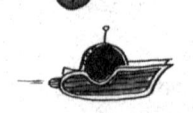

走了。

"我猜他们以后不会再试图炸星球了。"杰克说。

"不会了。现在,我们又可以期待机器人运动会了。"天天说。

"我真等不及了。"罗里回答。

"我真高兴我们暂时不会有任何冒险了。"米莉说着脸上浮起笑容,"对吗,亨利?"亨利也回了个同样的微笑。

杰克的爸爸妈妈把家里的太空车开了过来。

"我得走了,朋友们。我们在机器人运动会上见!"杰克说。

朋友们纷纷跟他道别,杰克爬进了太空车,很高兴再次成为了一个乘客。

"我们回家吧。"他对父母说。